L'EMANCIPAZIONE DELLA DONNA

CAMILLO BERNERI

PREFAZIONE

Vi sono dei libri classici sul problema dell'emancipazione della donna, e queste poche e modeste pagine potranno apparire inutili di fronte alle moltissime dotte, acute, brillanti. Invece non sono, chè mi rivolgo al pubblico che non legge libri in biblioteca e non compera libri che costano più di dieci lire. La mia, inoltre, non è una semplice volgarizzazione. Se non è una battaglia, è almeno una scaramuccia, contro i chiacchieroni della emancipazione femminile e contro le virago.

Nel novanta per cento degli scritti e dei discorsi sulla questione della donna, la donna non c'entra, o meglio, c'entra come angelo, o come mammifero da letto. I romanzieri sfruttano l'eterno articolo del giorno, ammanendolo con salse piccanti. I moralisti non sanno che litaniare: o tempora, o mores! I sociologi scrivono dei volumi che pochi leggono e pochissimi capiscono. I medici, gli igienisti riducono tutto al capitolo: organi sessuali. Molta gente inghiotte gli aforismi dei vari Pitigrilli e li rigurgida nel crocchio degli amici. Molti sono fermi alle lapalissiane audacie del Nordau. E via di seguito.

Io prendo per il collo la gente stupida e spiritosa e la sbatto contro dei dati di fatto. Certe pagine sono irte di cifre. Altre sono quasi letterarie. Ho cercato di parlare col cuore e al cervello del lettore; ha scritto «con intelletto d'amore».

La coscienza di aver compiuto una buona azione, mi ha permesso di vincere la riluttanza a pillolizzare una trattazione che sarei stato portato a condurre con larghezza e mi permette di licenziare queste pagine, mentre mi tratterrebbe dal farlo la consapevolezza dei loro difetti di forma e di trattazione.

C. BERNERI

CAP. I

LA COMMEDIA DELLA FEMMINA E LA TRAGEDIA DELLA DONNA.

La garçonne tipica è la femmina che vuole mascolizzarsi. È femminista, perchè vuole somigliare all'uomo. Si crede libera, perchè è scimmia. Non si avvede che tra la donna e l'uomo ci sono differenze psichiche irriducibili quanto quelle fisiche. Non vuole attuare in sè una vita superiore a quella della donna comune, passivamente onesta e schiavescamente laboriosa, ma conquistare la libertà volgare del maschio: quello di fare i propri comodi sessuali. Da questa lebbra di modernità scaturisce l'ermafrodito fenomeno dell'emancipate. Fenomeno che sarebbe impressionante fino a portare alle più apocalittiche previsioni sociali e morali, se la cosa non si risolvesse, nella generalità dei casi, in una truccatura. La garçonne è femmina, suo malgrado. Può radersi i capelli, può portare il colletto inamidato e i polsini, può arrivare a vestire i pantaloni, ma non rinuncerà a dipingersi le labbra, ad incipriarsi, a bistrarsi gli occhi, ad ossigenarsi. Non potrà non fermarsi davanti alle vetrine di moda, non osservare le tolette delle passanti, non camminare con passo ancheggiante. E, moralmente, rimarrà donna, anche se femmina aspirante maschio. Nonostante la spregiudicatezza arrossirà per superflui pudori, nonostante la maschera di maschile cinismo una confusa nostalgia, una sensazione viva di manchevolezza, di fastidio, rimarrà in lei e la tormenterà. Non sarà una piaga profonda ed aperta, sarà uno di quei piccoli calli che si fanno sentire dopo una camminata, ma la felicità non la troverà nella variabilità degli uomini, nelle grasse libertà del parlare, nelle oscene complicazioni erotiche. L'emancipata si compiacerà dei molti corteggiatori irretiti nel giuoco degli sguardi magnetici e dei dialoghi avviluppanti, ma quando amerà, comincerà a soffrire della gelosia, e ritornerà donna. Quando amerà, vorrà l'illusione di essere unica per l'amato, di darsi per sempre e non per un giorno, o per un mese. Ma ci sono anche le femministe che meritano il titolo di: donne del terzo sesso.

Esse sono cerebrali, e parlano a nome delle donne tutte, riducendo il problema dell'emancipazione della donna alla proclamazione dei diritti del letto. Fra queste vi è donna Paola, che nel suo Io e il mio lettore, scrive: «Un tempo, la donna non pensava ad invocar diritti nelle faccende della sua alcova. Oggi, non le bastano quelli che ella invoca, riferentesi alla sua vita sociale; ma son precisamente i diritti che si riferiscono alla sua vita sessuale, quelli che l'assillano di più». Il lato sessuale della questione femminile è importante, ma un problema sessuale a sè non esiste per l'uomo e tanto meno per la donna. Donna Paola è la femminista che parla pro domo sua, che vorrebbe peccare senza lo impaccio del giudizio, cioè dei pregiudizi del suo mondo. Infatti, in un'altro punto del libro essa dice: «Puritana, io!? Ma io l'adoro il peccato, e dichiaro che senza lo spasimo del suo dolcissimo fascino la vita non varrebbe un centesimo bucato. Il peccato!... Ma sapete voi che l'inferno è fatto del rammarico di tutti i peccati, che non si sono commessi; di tutte le occasioni di peccare, che si sono lasciate perdere, stupidamente, come se la giovinezza fosse eterna e la vita immortale». E, all'interlocutore che domanda: — Perchè vi siete scagliata tanto contro la immoralità del nostro tempo? — Donna Paola risponde: «Signor mio; se può piacervi, io posso dimostrarvi che sono disposta ad essere più immorale della società». Qui ci vorrebbero i puntini, come in certi romanzi. Ma sarebbero una malignità, che Donna Paola, se l'interlocutore l'avesse presa alla lettera, lo avrebbe messo alla porta. Una signora intellettuale, per rivendicare i diritti dell'alcova, va per le lunghe. Scrive perfino un libro di alcune centinaia di pagine, fonda un giornale, partecipa a venti congressi femministi.

Per molte femministe si può dire che la questione dell'emancipazione della donna è una questione di temperamento. Esempio classico quello della Sand che, volubile in amore quanto insaziabile, giunse a sostenere che ciò che costituisce l'adulterio femminile non è la ora che la donna concede all'amante, ma la notte che ella passa in seguito nelle braccia del marito. Cosa vera, psicologicamente parlando, ma vile, poichè la libertà nella frode è cosa che solo alle letterate romantico-decadenti può parere esaltabile.

Se vi sono donne che pensano con la parte più femminile del loro corpo, vi sono uomini che pensano con l'organo corrispondente. I paradossi pitigrilleschi non sono al di sopra delle scritte sulle latrine universitarie. È un andazzo di molti scrittori l'esagerare la corruzione odierna per porre in soffitta, come anacronismi romantici e pedanterie moraliste, quei criteri valutativi e quei principii pratici che vorrebbero riportare la femmina alla donna. Tra costoro vi è Mario Mariani, che posa a «Marat della letteratura» ammanendo porcherie e sciocchezze di questo genere: «la donna completamente fedele non è una donna; è una capra impastoiata, è una cagna al guinzaglio..., una impiegata che ha paura di perdere il posto»; «soltanto le brutte e le insipide sono oneste».

È inutile snocciolare altri esempi. Ce ne sarebbe da fare un volume, sulla delinquenza letteraria. Tale è questa fioritura di scritti che, mentre mirano alle forti tirature, assumono pretenziosi toni igienisti e sociologici, che fanno colpo sui giovani e contribuiscono a ribadire e a diffondere quegli equivoci, quelle banalità, quei pretesti che i più degli uomini amano ripetere per sciocca smania di far dello spirito ed amano ripetersi per tacitare quei rimorsi e respingere quegli scrupoli che sorgono dal fondo della coscienza.

Così la donna è destinata ad essere bistrattata dai puritani e dagli immoralisti, dai conservatori e dai sedicenti rivoluzionari. Ma i primi la trattano meno male. Almeno la idealizzano. Chi la vorrebbe, come il Giuliotti, a filare la lana, a figliare una volta all'anno, a fare la monaca delle marmitte, vuole che la donna inaridisca in una rinuncia continua ed anacronistica. Ma almeno non viola interamente la natura spirituale della donna, almeno non misconosce e non infanga la sua dignità di vestale della casa e del mondo. Ma coloro che, invece, identificano la donna emancipata con la femmina in cerca di maschi per un'ora di libertà in albergo, coloro che vorrebbero la donna imputtanisse, sono dei ruffiani. La donna sceglie tout court e per un'ora, l'amante, o è una emancipata da romanzo pornografico, o è una puttana dilettante. Come vive quest'emancipata? Lavora? Si dà gratis, o a pagamento? Ha figli? Prende marito?

Inutile esaminare il problema dell'emancipata solo nel sesso. Non può essere che una femmina volgare, o una figura da romanzo. La realtà ci offre la donna che, dopo aver avuto amanti, non ha nipoti che le diano o le rinnovino la maternità; la donna che impazzisce o si uccide perchè il sogno di una famiglia sua s'è dileguato: la donna che intristisce, perchè l'amore non la guarda, non la vuole. Tutte le fanciulle sono fioraie dell'amore? Tutte le maritate sono capaci di recitare la pochade dell'adulterio? Tutte le donne senz'amore sono disposte ad accontentarsi del maschio in calore? No. Dunque il problema dell'emancipazione femminile non si può sdraiare su di un letto o sopra un divano. C'è la famiglia di mezzo, che non è tutta, nè sempre, una menzogna convenzionale, ma il bisogno di molti uomini, il sogno di molte donne, la gioia di tante coppie, la luce e il calore di gran parte della vita sociale.

Alla donna si offre una camera d'albergo e i bimbi si mettono al befotrofio! Troppo semplice, troppo bestiale soluzione per coloro che non sono nè letterati, nè dei Campanella, nè braccatori di femmine.

Scucisca la donna la camicia di Nesso di una forzata castità, sia madre senza marito, sia moglie separata, sia quel che vuole. Non vorrei certo fosse aggravata la sua naturale schiavitù dal peso dei pregiudizi, nè tormentata dai rimorsi del rigorismo fariseo.

Ma la libertà mi pare formula equivoca, programma generico, parola vana quando penso a che cosa la donna aspira, nell'amore, e a che cosa diventa la donna, quando nell'amore non ha più che il desiderio e la soddisfazione della femmina.

Se mostrerò indulgenza per la donna, sarà perchè con Heine sono disposto a ripetere: « Oh, le donne! Noi dobbiamo perdonar loro molto, perchè amano molto». Se esalterò la missione della donna, non cadrò nel retorico femminismo che l'adula, poichè credo che se le sorti dell'umanità sono, in gran parte, racchiuse nel cavo delle mani della donna, non siano le mani troppo morbide e levigate della donna oziosa, o quelle troppo ruvide e incallite della schiava della casa o dell'officina quelle che possono porre in un terreno nuovo il germe della futura generazione. L'emancipazione della donna risulterà dall'emancipazione di tutto il genere umano. Ma, intanto, bisogna finirla con quell'equivoco mascolinismo femminile che sdottoreggia e flirta nei salotti delle signore e con quel volgare femminismo maschile che brutalizza la donna per assicurarsi la femmina.

Niente apologie, niente madrigali, niente paradossi, niente programmoni. Io non sono nè un conferenziere da Lyceum femminile, nè un letterato da copertine chiuse, nè uno che scrive sulle pareti delle latrine o per il gran pubblico. Sono semplicemente un uomo che non crede morta nè ridicola la donna onesta, che conosce la sanità spirituale che è nella famiglia, che pensa e sente la questione femminile come uno dei principali e più gravi aspetti del problema sociale. Per questo non posso infilare paradossi e schioccare spiritosaggini. La commedia della garçonne mi pare grottesca. Dietro la maschera della femmina vedo il volto tragico della donna.

CAP. II

IL MASCHIO E LA FEMMINA

Tota mulier in utero
Van Helmont

Il Camper, a rendere evidente la differenza dei sessi, disegnò due elissi: in una comprese il corpo di una donna, in un'altra il corpo di un uomo; e mostrò, che la donna è contenuta nella elissi per le spalle e sporge per il bacino, mentre l'uomo sporge per le spalle ed è contenuto per il bacino, mentre l'uomo è un essere toracico (lavoro, lotta), la donna un essere addominale (maternità). Questa differenza morfologica tra l'uomo e la donna viene scolpita e colorita da Alfredo Oriani nel cap. «Femminismo» di Rivolta Ideale, così eloquentemente che non posso astenermi dal riportare questo passo:

«Non vi è in tutta la natura differenza più irreducibile che fra l'uomo e la donna: la bellezza, la forza, la struttura, le attitudini, tutto in loro fu così preparato che diventasse vizio nell'uno l'imitazione di una virtù dell'altro; la natura, che aveva fatto nel bambino il più debole fra tutti i neonati, appunto perchè diventando uomo doveva essere il più forte dei viventi, gli pose accanto la donna subordinando in lei le linee del corpo e dello spirito alla maternità. Infatti in lei tutti i contorni sono molli, curvi: le sue spalle, dalle quali il collo spunta con una grazia di stelo, si incurvano leggermente, le mammelle anche vergini tremolano pendule, delicate come un fiore che una mano basta gualcire, mentre sui fianchi tutte le linee si allargano appesantendosi con una eleganza, che l'arte non ha quasi mai potuto cogliere. Nei greci l'epurazione della bellezza falsò lievemente la natura della Venere non abbastanza madre per essere davvero donna: in noi moderni un falso sentimento della bellezza snaturò nel costume e nella figura la donna e la madre. Ma nel suo corpo, che verginità e maternità non possono alterare, tutto è essenzialmente femminile; pare costrutto per rimanere seduto con un bambino sul ventre, le mammelle sospese sulla sua piccola bocca, così enorme è lo sviluppo delle anche, del grembo, più enorme ancora il resto».

La differenza tra i due sessi implica per l'uno e per l'altro una particolare maniera di amare. Per il maschio il rapporto sessuale è un fugace momento, un atto che non lascia tracce. Per la donna l'amore vale maternità, cioè l'amore che modifica profondamente il suo organismo e vi si inviscera.

La vita sessuale è, nella donna, qualche cosa di intrinseco a tutto il suo organismo. Fin da fanciulla soffre quella malattia mensile che è il mestruo. Impiega nove mesi a partorire, e nausee, dolori, paralisi, follia aggravano spesso il peso della gravidanza. Lo strazio del parto può ucciderla, può renderla invalida alla maternità, può farla impazzire. Si aggiungano i vari mesi di allattamento.

Solo la donna può chiamare la propria creatura «viscere mie».

Lo Schopenhauer osserva, che l'uomo può con tutta facilità fecondare cento donne in un anno, mentre la donna, quand'anche avesse cento mariti od amanti, non potrebbe mettere al mondo, se non un bambino all'anno. Questa diversità sta ad indicare che il maschio ha una funzione meno complessa nel perpetuarsi della specie. Vari scienziati

(Geddes, Thompson, Sabatier, ecc.) hanno dimostrato, con studi di embriologia e di anatomia comparata che in tutte le specie di animali l'elemento maschio ha un ufficio di concentrazione, di unificazione, di coesione. Questo si constata anche nel mondo cellulare. La cellula femmina (uovo) è un corpo sferoidale, sfornita di movimenti ameboidi e relativamente voluminosa; la cellula maschio (spermatozoo) è un elemento microscopico dotato di grande attività. La cellula femmina è caratterizzata da un'attitudine spiccata a nutrirsi e da una certa lentezza nel consumare le proprie riserve nutritive, invece la cellula maschio è caratterizzata dalla sua grande mobilità, la quale indica una attiva combustione delle riserve nutritive, e, dato che essa è dotata di una minore attività nutritiva, una tendenza a consumare, o a dissipare di più. Queste e tante altre osservazioni ci permettono di affermare che il sesso femminile è risparmiatore, mentre quello maschile è sperperatore. Un'altra differenza è questa: che le perdite dell'organismo femminile vanno a favore della specie, mentre quelle maschile sono, in grandissima parte, inutili o dannose per la specie. A queste differenze biologiche corrisponde la differenza dell'istinto sessuale tra l'uomo e l'altro sesso.

I maschi di quasi tutti gli animali, come ha illustrato il Darwin, hanno un erotismo maggiore di quello femminile. Così è della specie umana. Invece vi è il pregiudizio, molto diffuso, che la sensualità femminile sia maggiore di quella maschile, e questo perchè è, generalmente, presupposta una maggiore sensibilità nella donna. Sarebbe, invece, provato sperimentalmente che, in generale, nella donna è poco fine la sensibilità tattile e generale, alquanto ottusi il gusto, l'olfatto, l'udito e la vista. Dati i rapporti che legano il tatto e l'olfatto all'eccitamento sessuale, è certo che nella donna l'orgasmo sessuale, come bisogno che sorge senza incentivi esterni, sia minore che nell'uomo.

Il Sinclaire ritiene che le inclinazioni sensuali siano «estremamente rare nelle ragazze e anche nelle adulte», e che la freddezza sessuale sia la règle nelle une e nelle altre. Della stessa opinione è il Moll.

E questo anche per ragioni di ordine psichico. Infatti, il bisogno sessuale sorge e si acutizza nell'uomo più che altro per associazioni mentali di natura immaginativa, mentre nella donna normale l'eccitamento sessuale sorge e si esaspera mediante fatti di ordine eminentemente fisiologico.

Un medico berlinese, l'Adler, ha scritto un libro sulla «manchevole sensibilità sessuale nella donna», la cui conclusione è che nella donna l'istinto sessuale si presenta assai minore che nell'uomo, perchè le occorrono spesso particolari stimoli per suscitare le sensazioni voluttuose, che talora mancano del tutto.

Scrive Ellen Key: «V'è di certo dell'esagerazione femminile nella asserzione che una donna "onesta" non conosce le esigenze del suo sesso che quando essa ama. Ma la differenza immensa fra lei e l'uomo, sta nel fatto che essa non può soddisfare che amando».

Il Tillier afferma che «il bisogno fisiologico dell'accoppiamento essendo nel maschio più potente e più complesso, che non nella femmina, quest'ultima obbedisce meno facilmente dell'uomo agli impulsi esclusivamente sessuali; e ne segue, che, normalmente, l'elemento psichico diventa più importante nella donna. La vediamo più raramente di noi accoppiarsi senza che nel suo spirito preesista un sentimento affettivo più o meno notevole. Nello stato di civiltà progredita l'amore della donna è meno fisico di quello del maschio».

Il Moll dichiara che le sue ricerche l'hanno portato a concludere che il desiderio sessuale è molto meno forte nelle donne che nei maschi, e che nelle prime l'amore spirituale... è in genere molto più notevole».

Discutibile è la tesi del Lacour che la donna prova nell'atto sessuale un «piacere tenue ed incerto che non assurgerà mai alla foga della esaltazione virile», ed esagerata è l'affermazione dell'Icard che per la donna l'amore sessuale è una seccaggine e l'uomo che lo procura un oggetto degno di schifo. Così l'affermazione del Sergi: «la donna normale ama di essere corteggiata ed amata dall'uomo, ma cede come una vittima alle di lui voglie sessuali» è vera solo per il primo od i primi rapporti sessuali, nella generalità dei casi. Le donne di media sessualità sono, secondo il Viazzi, capaci di un godimento erotico, «ma lieve e saltuario e condizionato». Discutibile il lieve, ma certi il saltuario ed il condizionato.

La minore sensibilità femminile è ormai pacificamente ammessa nel campo della scienza moderna. Oltre gli autori citati potremmo ricordarne molti altri: Morselli, Krafft, Venturi, Ottolenghi, De Roberto, Mantegazza, Compbell, ecc.

Quello che è certo si è che la donna normale non ha, nei rapporti sessuali, quelle esagerazioni che vengono descritte in certi romanzi erotico-chisciotteschi e simulate, per ragioni professionali, da alcune prostitute. Molti uomini che credono di essere competenti in materia generalizzano le proprie esperienze, ristrette a particolari categorie di femmine.

Secondo alcuni studiosi, l'orgasmo sessuale femminile, una volta insorto, ha stimoli impetuosi e, secondo Joly e l'Acton, l'astinenza può cagionare alla donna disturbi nervosi di una certa gravità. Se quasi tutti i neuropatologici sono di parere che nelle donne che hanno avuto relazioni sessuali queste diventino una prepotente necessità fisiologica, non tutti ritengono che la castità sia pericolosa, specie per quelle donne che vivono in uno stato di sanità fisica e psichica. Il Debay, citato di frequente dai nemici della castità, per dimostrare che l'inazione degli organi sessuali esercita un'influenza deleteria sulle facoltà mentali, fa presente che nei manicomi il numero delle ragazze pazze supera di gran lunga quello delle maritate. Ad esempio: alla Salpetrière, manicomio di Parigi, sopra 1726 pazze 1276 ragazze. Questi dati non stanno, mi pare, ad indicare i danni della castità sessuale presa per sè, ma ad indicare come la vita sessuale abbia profonde radici in tutto l'organismo femminile. A considerare superficiale la induzione di un'equivalenza tra i bisogni sessuali femminili e quelli maschili dati come quelli del Debay, mi porta il fatto che un pregiudizio molto diffuso, anche negli ambienti colti, è quello di considerare l'isteria come conseguenza dell'astinenza sessuale.

Lo Scanzoni, specialista per le malattie della donna, ha constatato che di tutte le donne isteriche il 75 per cento erano maritate e il 65 per cento avevano avuto almeno tre bambini. Nei conventi delle Beghine, dove si lavora seriamente, l'isterismo è molto raro, mentre la metà delle prostitute ricoverate nell'Istituto di S. Lazzaro, a Parigi, sono isteriche. Un'altra favola e quella che presenta la clorosi come una malattia esclusiva delle nubili, guaribile con l'appagamento degli istinti sessuali, mentre la medicina moderna, primo il Virchow, ha dimostrato che questa malattia non risparmia le donne maritate, nè le prostitute, nè le bambine.

Concludendo: nella donna, l'istinto sessuale è vivo, ma fuso e confuso con l'istinto della maternità. Questa fusione ha una base anatomica e nessi fisiologici evidenti. Al carattere sperperatore della vita sessuale maschile, corrisponde la funzione prevalentemente sociale dell'uomo, mentre al carattere economizzatore della vita sessuale femminile corrisponde la funzione prevalentemente biologica e familiare della donna.

Notevole è, infatti, l'antagonismo fra la sessualità e la maternità. Le femmine di certi uccelli, come le amadine, si rifiutano al maschio dopo la seconda covata, (Brehm). Le femmine dei ruminanti sfuggono i maschi quando sono pregne, e lo stesso fanno le cagne (De Courmelles). Secondo Icard, anche nelle donne gravide si spegnerebbe quasi del tutto il desiderio sessuale.

Possiamo concludere col Lombroso e col Ferrero, così:

«La donna ha minore erotismo e maggiore sessualità... L'amore femminile non è in fondo che un aspetto secondario della maternità; e tutti quei sentimenti d'affetto, che legano la donna all'uomo, non nascono dall'impulso sessuale».

LA DONNA NELL'AMORE.

*La donna è un enigma che
si risolve con la maternità.*

Nietzsche.

Nella prefazione a Il Suddito del Mann, Mario Mariani dice: «la donna moderna, la donna del secolo XX, non ha più lotte intime, non ha più tentennamenti e complicazioni. Ha raggiunto una libertà semplice che relega nella vecchia letteratura tutta la ragnatela della psiche resistente e, dopo rimordente. La donna moderna, quando incontra un uomo che le piace ferma la carrozza: senta... lei... noi ci conosciamo... mi sembra... Ah! no?... fa nulla... impareremo a conoscerci... salite, accompagnatemi... io, a casa mia, non posso condurvi... hai una casa?... no?... fa nulla: andiamo all'albergo».
Di queste donne moderne ve ne sono. A me e a tutti i miei amici non è mai accaduto di imbatterci in emancipate così telegrafiche, ma è certo che vi sono femmine che risolvono spigliatamente la questione economica e sessuale cornificando il marito e anche l'amante. Ma è una minoranza. E di fronte a questa minoranza sta una minoranza ben più significativa: quella delle fanciulle suicide per amore. Dico «significativa» poichè le fanciulle che si uccidono, perchè abbandonate dall'amante, hanno per chi le ha lasciate, anche quando è stato brutale, o falso, parole di perdono pregne di tenerezza materna. Le lettere di queste sventurate dimostrano che le donne amano con passione, difficilmente giungono ad odiare colui che le spinge alla disperazione.
Una fanciulla scrive all'amante: «tu mi hai ingannata; per due anni hai giurato di sposarmi, e ora mi abbandoni. Io ti perdono, ma non posso sopravvivere alla perdita del tuo amore»; e si uccide. Un'altra, anch'essa abbandonata, lascia, prima di uccidersi, una lettera, nella quale, accennando all'amante, scrive: «senza la metà di me stessa, senza colui che ho perduto, la vita mi è insopportabile. Mi ero decisa a gettarmi ai suoi piedi, ma egli mi avrebbe respinta! Che egli mi perdoni il mio carattere ingiusto, le mie violenze»!. Una ragazza abbandonata, prima di uccidersi in una casa poco lontana da quella dell'amante, gli scriveva: «Io muoio vicino a te. Ti mando mille baci prima di morire. T'amo ancora, e i miei ultimi pensieri sono per te». Un'altra suicida: «Addio, sii felice. Che il mio ricordo ti accompagni, per ricordarti che ti ho adorato. Avevo sognato di essere teco felice, tu non l'hai voluto, tu mi hai ingannata: le tue menzogne sono state mortali per me. Avrei voluto vivere per amarti: tu non hai voluto; muoio adorandoti. Ti lascio i miei capelli, che tu serberai, ricordandoti di me». Un'altra fanciulla, suicida perchè abbandonata, scrive ad una sua amica: «Assicuralo che fo voti per la sua felicità». E potrei continuare per un pezzo a spigolare brani analoghi e tutti ugualmente luminosi, tra le lacrime e il sangue, della stessa bontà. Nietzsche, di fronte a queste lettere, direbbe che esse provano che la morale della donna è «la morale degli schiavi», ma non capirebbe, che la donna è madre anche nell'amore, quando ama veramente.

Queste fanciulle suicide fanno ricordare la leggenda di quel cuore di madre, che strappato dal petto dal figlio snaturato, domandava all'assassino caduto nella fuga: «Figlio mio, ti sei fatto male?».
Le statistiche non riducono il significato di questi documenti, anzi lo amplificano. Mentre i suicidi maschili sorpassano del quadruplo e fin del quintuplo quelli femminili, quelli per amore, maschili, non arrivano alla metà, e, altre, volte, al quarto dei suicidi femminili. Ecco una tabella dei suicidi per amore:

Germania (1852-62)
2,33%
8,46%
Sassonia (1875-78)
1,83%
5,18%
Austria (1869-78)
5,80%
17,40%
Italia (1866-77)
3,80%
7,50%

Poichè il suicidio è, nella maggior parte dei casi, una momentanea follia, aggiungiamo che piuttosto frequenti sono i casi di fanciulle che rimangono inebetite o che impazziscono in seguito ad una delusione amorosa. Lo Zani trovò, nelle sue ricerche, che nelle donne l'amore aveva influito a determinare la pazzia in rapporto dell'11% e negli uomini solo per 4%.
Possiamo, di fronte ai dati riportati, che troverebbero infinite conferme in altri, se comportasse la natura di questo scritto l'addentrarsi nella statistica, rinchiuderci nella banalità dei facili paradossi e dei volgari luoghi comuni? No. Dobbiamo riconoscere che la donna ama diversamente, meglio dell'uomo.
L'amore ardente, particolare, esclusivo è, nell'uomo, assai raro e di breve durata. Egli potrà, col Petrarca, dire sinceramente: amo soltanto colei che sola a me par donna, ma il culto per la sua Laura ondeggierà spesso tra lo spirito e la carne, non sempre riuscirà a non essere tentato dalle quotidiane Fiammette e qualche volta a dire col Biron: vorrei che il sesso muliebre avesse una sola bocca di rosa, per poter baciare tutte le donne in una sola. La fanciulla che ama, è, come Anna nella Città Morta, vicina all'anima dell'amato, come la mendicante presso una porta. In presenza dell'amore essa sente, come dice Ellen Key, quei brividi che accompagnano il buon levar del sole quando è atteso vegliando. Nella fanciulla normale l'amore è alimentato da una esaltata ammirazione per il coraggio, la forza, l'intelligenza, la generosità dell'uomo preferito. Essa ha bisogno di effetto, e l'istinto della maternità, che urge pur nella inconsapevolezza, si vela di malinconia. L'amore implica per lei la presunzione dell'eterno. Sempre, questo vuole sentirsi rispondere quando domanda all'amato: Mi amerai sempre? Sempre: questa è la parola, il pensiero che la culla su un'amaca di sogni.

I De Goncourt scrivevano, giustamente, che le donne portano nell'amore una prosternazione appassionata. Nell'uomo il desiderio di possedere la femmina si sveglia prima che egli ami una donna. Nella donna, il desiderio di essere posseduta nasce dopo che è sorto l'amore. Nella donna l'amore scende dall'anima ai sensi, e talvolta non vi arriva. Nell'uomo, l'amore nasce dai sensi e non sempre giunge all'anima. Perfino nelle prostitute questo carattere idealista dell'amore femminile è notevole. Nei tatuaggi, negli scritti delle prigioni femminili sono rare le allusioni oscene, e sono, invece, frequenti quelle indicanti l'aspirazione ad un vero affetto, ad un amore durevole. Mentre in amore l'uomo regolare ed il delinquente sono vicini, l'amore della prostituta per l'amante del cuore è vicino all'amore della fanciulla che sogna i fiori di arancio. E non si portino in ballo le adultere, o le fanciulle che cedono con facilità! Tra le seconde molte ve ne sono che affrettano il possesso per tema di essere abbandonate, per gelosia delle altre donne, per generosità. Se si danno in una folata di sensualità, ben diversa rimane la loro posizione spirituale nell'atto che le accomuna col maschio. L'abbandono della donna ha per condizione baci infuocati, tante carezze maliziose, e quando, dopo il primo amplesso, ordinariamente doloroso e spesso disgustoso, essa si dà di nuovo, non è tanto il sesso che la trascina, quanto il cuore. E, fredda, sopporterà le esigenze sessuali e, talvolta, gli eccessi dell'amante. E, sana e ancora ingenua, scenderà alle oscenità, per renderlo contento. E affronterà il pericolo della gravidanza, giocando il proprio avvenire sull'erba di un prato o in una camera ad ore per dimostrarsi tenera e fiduciosa.

Quanto alle adultere sono meno indulgente. Capisco la lotta fra l'amore per i figli e quello per l'amante, la pietà per il marito e la passione, e in certi casi sono disposto anche alla difesa.

Ma, in generale, la commedia dell'adulterio è vile, profondamente disonesta. L'adulterio è la menzogna. Ma non è vero che l'adulterio femminile sia, comunemente, determinato dalla insoddisfazione sessuale. Il fatto che l'adulterio femminile è piuttosto frequente mentre l'amore coniugale è, nella donna, comunemente, meno sensuale, più calmo, più elevato, quindi più costante, che nell'uomo dimostra che la moglie che tradisce non sempre cerca il maschio vigoroso invece del marito fiacco, ma spesso cerca, invece, l'uomo spiritoso invece del marito melenso, l'uomo generoso invece del marito vigliacco ed egoista, l'uomo che può idealizzare invece dell'uomo che gli si è rivelato in tutta la sua nudità ributtante. Balzac scriveva: «Le donne abbandonerebbero i piaceri di tutte le notti di Messalina per vivere con un essere che prodigasse loro quelle carezze dell'anima delle quali sono così gelose, e che non costano niente, agli uomini se non un po' d'attenzione» è, appunto l'attenzione che manca in molti mariti, che stanno fuori di casa fino ad ora tarda; che cercano svaghi erotici, regalando talvolta le malattie veneree alla moglie: che considerano la moglie come un mobile, o come un ninnolo, o come una femmina a portata di braccia.

Il Nyström osserva: «Manca a molti mariti fino l'ultimo segno la delicatezza d'animo; essi si mostrano nella vita quotidiana sprovvisti di ogni tenerezza e sono incapaci di comprendere la natura delle donne, i suoi meriti e i suoi sacrifici come madre, e si irritano per le sue piccole debolezze e non pensano che al proprio benessere. È sopratutto nelle esigenze del dovere coniugale, che molti uomini si mostrano singolarmente mancanti di ogni riguardo e anche brutali verso la propria moglie, non curandosi nè dei suoi desideri, nè della sua salute o delle sue forze, e distruggendo così del tutto ogni sentimento di tenerezza e di amore».

Poichè la fedeltà nel matrimonio è volontaria nell'uomo e spontanea, invece, nella donna, l'adulterio femminile è uno dei più gravi segni dell'equivoco fra i due sessi. Le mogli che tradiscono sono vili, ma molti dei mariti traditi meriterebbero le corna di cervo le più ramificate che siano al mondo.

La corruzione della donna è introdotta ed alimentata dall'uomo che non cerca di capire la donna. L'uomo e la donna sono come due persone mascherate che vogliono riconoscersi e non vi giungono mai, perchè l'una dice all'altro: levati la maschera prima tu.

Leviamoci, una buona volta, la maschera! E mostriamo la faccia, che, se è di donna, non è un viso di angelo, ma non è neppure un muso di scrofa, se è di uomo, non è un volto da santo, ma neppure un muso mandrillesco. Negli specchi butterati della letteratura pornografica ci facciamo spavento. L'amore non è tutto rosa e viole, ma non è neppure tutto letame.

La donna non può essere mai del tutto femmina perchè in lei c'è la madre. L'uomo non può essere del tutto maschio, perchè giunge l'ora in cui egli sente necessario crearsi una vita nuova tra un tranquillo focolare ed una culla.

La donna, quando non abbia aspirazioni al filantropismo, alla vita politica, ecc., solo nella famiglia può rappresentare un nucleo di vita sociale che non si sperperi in un egoistico atomismo individualista e non si incasermi in una piatta società statolatra.

IL FOCOLARE DOMESTICO

La donna è l'angelo della famiglia.
MAZZINI

La Sand ha detto che l'amore è una schiavitù, alla quale la donna aspira per natura. Il segreto di questa aspirazione è l'istinto della maternità. Dalla belva che si fa uccidere dal cacciatore pur di difendere i piccoli, alla donna che perisce nell'inedia per sfamare i figli, lo istinto della maternità impera, fino a vincere l'istinto di conservazione. Le cronache dei disastri, molte pagine di storia offrono esempi magnifici. L'amore di madre sarà esclusivo, sarà spesso più istintivo che spirituale, sarà pregno, qualche volta, di egoismo, ma è forte, e di una evidenza così solare che sarebbe superfluo parlarne, se qualcuno non fosse giunto a sofisticare su di esso, basandosi sulle eccezioni, le quali non valgono, poichè sono rare e spiegabili mediante determinanti esterne, o degenerazioni generali. Perfino la più tipica anormalità della donna madre, l'infanticidio, non infirma l'università dell'istinto materno.

Infatti, per moltissime infanticide, quasi tutte povere, moralmente grazze e vittime di volgari seduzioni o di brutali violenze, l'atto delittuoso è determinato da momentanea follia. Non è sempre il desiderio di salvare sè che spinge la madre al delitto, ma è, spesso, il pensiero angoscioso delle privazioni, dei pericoli che il figlio incontrerà nella vita. L'infanticidio è, in molti casi, una forma di quasi suicidio. La psicologia giudiziaria ha messo in luce i rapporti tra il suicidio e lo omicidio. Ebbene, io affermo che è, nella donna normale, il suicidio della madre. La infanticida vorrebbe amare il figlio. Non lo può. L'istinto prepotente cozza col pregiudizio radicato. I sentimenti di tenerezza pel figlio riaprono ed abbruciano la piaga del rancore verso il seduttore. L'affetto per la creatura le fa parere ancora più buio l'avvenire. Essa si persuade che ha creato un infelice, che la vita è una continua pena. E uccide, quando l'oscuramento della coscienza, proprio della psicosi puerperale, rallenta, o spezza, i freni inibitori. Ma, passata la tempesta, ecco riapparire nella coscienza l'arcobaleno dell'istinto materno. Despine racconta il caso di una ragazza che, subito dopo aver partorito, gettò il bambino in una latrina. Lo riportano a lei ancor vivo. La maternità si risvegliò. Lo afferrò con tenerezza, lo riscaldò, lo allattò. E da allora fu madre amorosa. Joly notò nelle infanticide rinchiuse nelle carceri parigine un vivo desiderio di maternità. È commovente il caso di quella giovane infanticida che si fabbricava continuamente delle bambole con la biancheria e le cullava dolcemente, per illudersi di essere madre.

Di fronte all'infanticida sta la donna senza figli, la madre in potenza, o la mancata. Ecco la bambina che culla amorosamente la bambola, ed ha per essa cure, pensierini ed espressioni di tenerezza nelle quali si inarca l'aurora della futura maternità. Ecco la zitella che invecchia e confonde la tristezza delle perdute speranze di una famiglia propria con la materna tenerezza per i fratelli minori, per i bimbi dei parenti, degli amici, dei vicini, o... per i gatti, i cani, gli usignoli.

L'inaridimento, l'acidità spirituale di certe zitelle dipende, spesso, dalla mancata maternità, più che dalla mancata vita matrimoniale. Gli è che l'istinto della maternità è un elemento basilare nella vita della donna. La donna senza figli non è solo una madre mancata. È anche una mezza donna. Quante qualità innate deve possedere una donna, quale buona educazione deve aver ricevuta, per mantenere un celibato che non inaridisca nell'egoismo e non scivoli nella vita galante!

Non a torto il Lombroso considera la maternità il vaccino morale della donna. Per moltissime donne la maternità è l'unica luce nell'anima buia, l'unica forza inibitrice nell'infuriare delle passioni, l'unica nota di fecondità morale nell'aridità dell'egoismo. Anche la donna ignobile acquista un aspetto di dignità nel pianto o nelle cure materne.

È stato detto che l'amore è il genio della donna e i figli il suo capolavoro. Non sempre questo amore è intelligente e non sempre i figli sono tali da onorare la madre. Ma è certo che la donna ha avuto ed ha nella maternità la sua più alta funzione sociale. Inclinata alla protezione e all'assistenza della prole, la donna cercò di rendere permanente l'unione sessuale. Da femmina si fece donna mediante la maternità. Il legame tra la donna e il bambino è più intimo, più forte del legame tra l'uomo e la donna. Ed ecco la donna creare il focolare, per riscaldare il figlio e trattener il padre. Accettò l'asservimento all'omo per amore dei figli. Così Elia Reclus, nel suo interessante studio di etnologia comparata Les Primitifs riassume eloquentemente la storia della donna primitiva:

«Alla donna la specie è debitrice di tutto ciò che ci ha fatto uomini. Attorniata da bambini, e con la mente intenta alle cure di essi, ella stabilì o trovò il primo riparo per mettere al sicuro la piccola famiglia: il suo primo nido fu così, forse, una fossa tappezzata di musco con attaccato un tessuto di larghe foglie; e quando immaginò di attaccare tre o quattro altre pertiche per i loro estremi, e di stendere tra esse altri tessuti di foglie la capanna fu inventata, la prima capanna. Ivi ella depose il fascio di paglia acceso, che mai ebbe a lasciare, e la capanna, da quel momento, si rischiarò, si riscaldò: e la capanna divenne il primo focolare domestico. Non s'è chiamato Prometeo "il padre degli uomini" per fare intendere che l'umanità comincia con l'uso del fuoco? Egli è certo che la donna è stata la vigile custode e conservatrice di questa sorgente di vita. Ed ecco che un giorno accanto ad una cerva, che l'uomo aveva ucciso, la donna vide un cerbiatto, che la guardava con occhi supplichevoli. Ella n'ebbe pietà e lo prese tra le braccia. Quante volte non s'è visto fare altrettanto alle donne selvaggie!... Il piccolo animale a lei si affezionò e la seguì ovunque. Fu così che ella allevò ed addomesticò gli animali divenendo la madre dei popoli pastori. E ciò non fu tutto: che mentre il marito errava per la caccia grossa, la donna si occupava della caccia piccola, raccogliendo ed ammassando uova, insetti, semi, radici. Di questi semi, raccolti nella capanna, alcuni, che andarono dispersi nel terreno, germinarono, crebbero e fruttificarono; altri semi essa dopo, con intenzione, seminò, e così divenne la madre dei popoli coltivatori. Nonostante la dottrina che fa la legge presentemente, la donna è da ritenersi la creatrice della civiltà nei suoi elementi primordiali. Senza dubbio, nei tempi primitivi essa non fu che una femmina umana, ma questa femmina nutrì, allevò e protese quelli più deboli di lei, mentre che l'uomo suo, bestia terribile, non seppe che scannare per necessità e per vaghezza. Egli bestia feroce per istinto, essa madre per funzione».

La donna fu il primo animale domestico dell'uomo. Poi divenne una schiava. Poi una serva. Ora è ancora una minorenne.

L'uomo, partecipando alle occupazioni sedentarie, assunse un atteggiamento direttivo, esercitò un diritto di imperio. La donna e lo schiavo coltivarono i campi, quando il guerriero cominciò a divenire agricoltore, avendo sempre però in odio, e quindi in dispregio, il lavoro. Ma allora la donna cominciò una opera sottile di reazione intima. La preda dell'uomo delle caverne cercò solo di trattenere il maschio, perchè difendesse lei e la prole dagli attacchi delle fiere e degli uomini. La moglie dei primi tempi storici cercò di vincere con l'astuzia la manesca brutalità dell'uomo, di imprigionare nella rete della civetteria l'orso della casa.

Il timore e il desiderio di dominio la resero dissimulatrice. Cercò di impietosire con la più evidente manifestazione di dolore. Cercò di mostrarsi allegra ed affettuosa anche quando si sentiva triste ed indifferente.

C'era un dissidio fondamentale tra l'uomo e la donna. La plusvalenza dell'istinto sessuale maschile (tendenza poliginica) si trova in contrasto con la plusvalenza dell'istinto materno. Le tendenze poliandriche della femmina venivano frenate dal controllo del maschio e dall'istinto della maternità. Mentre il marito rimaneva maschio, la femmina, divenendo moglie, si faceva donna. Per l'uomo la famiglia fu un accidente sociale, per la donna fu un naturale fenomeno.

Il dissidio si perpetua, come dimostrano le statistiche del celibato, le cronache degli uxoricidi e dei divorzi, la quotidiana esperienza. La famiglia dà materia alle pochades, al romanzo pornografico, al giornale satirico. Per trattare esaurientemente delle cause della crisi familiare ci vorrebbe un volume. Accenniamo.

L'uomo che si sposa è, quasi sempre, stanco del postribolo, dei pasti in trattoria, del controllo familiare. Il matrimonio è, per molti, un porto con relativo bacino di carenaggio. Mentre l'uomo esige netta la fedina anatomica della fidanzata, poco si cura della sua intelligenza, della sua salute fisica e morale. Le qualità della sposa sono estetiche, o catastali! L'uomo porta nel matrimonio l'oscena esperienza postribolare, con relativi gusti e modi, quando non vi porta le malattie veneree. Passata la luna di miele, che spesso è un quarto, il marito, quando non è stanco, considera la moglie una necessità pratica. La moglie è quella donna che il mattino prepara il caffè, a mezzogiorno e alla sera fa trovare pronta la tavola, e la notte offre uno sfogo sano e gratuito.

I matrimoni d'amore sono più rari. Il matrimonio tende sempre più a diventare la pensione dell'amore: una accomodamento affettivo, o una soluzione economica.

Se si interrogano gli uomini, le risposte oscillano tra questi argomenti: «Io, prender moglie? Fossi pazzo! Mi voglio divertire. Se mai, ci penserò più avanti»; «Sì, metter su famiglia a questi lumi di luna! E poi, chi sposo? Con le ragazze di oggi!». Quanto alla prima risposta c'è poco da dire. Rientra nel quadro della corruzione sessuale maschile, impastata di egoismo delinquente. Quanto alla seconda, bisogna riconoscere che la crisi economica ostacola realmente la formazione di nuove famiglie. Ma c'è, non di meno da distinguere in questa crisi un lato reale e un lato fittizio. Il primo è rappresentato dal professore di scuole medie inferiori con stipendio a cinquecento lire mensili ed il decoro da salvare. Il secondo è rappresentato dall'impiegato a mille cinquecento lire al mese che non può sposare la piccola borghese che vorrebbe l'appartamento comodo, la mobilia nuova ed elegante, la serva e il vestito nuovo ad ogni cambiamento di moda, quando s'accontenta di poco. È innegabile che la paura delle privazioni e le abitudini oziose di molte ragazze assecondano la smania di godimento comune agli scapoli. Si aggiunga, come accennammo, la frivolezza delle ragazze odierne. Queste leggerezza, in molti casi più fatta di apparenze che reale, dipende, in massima parte dal fatto che molte ragazze non hanno la certezza di sposarsi. Sono, di conseguenza, in regime di concorrenza tra loro.

Le bruttine eleganti passano avanti alle belle modeste. Le più civette riescono a suscitare l'interesse degli uomini. Ciò fa sì, che anche le più modeste e le più serie, un po' per istinto scimmiesco un po' per calcolo, si mettono a far sfoggio e a fare le interessanti. Ne nasce un equivoco. Le leggere squalificano le altre, perchè molto spesso l'uomo giudica tutte le quelle che conosce, cioè quelle che lo hanno interessato per attrattive estetiche o altri fascini. Le leggere non trovano marito ed impediscono alle altre di trovarlo. Questo perchè in amore, come negli affari, la mancanza di fiducia provoca la crisi. Questo mascolizzarsi di molte ragazze, specie della media borghesia, è urtante per il maschio e per l'uomo. Perchè, come osserva il Rénan: «la donna che ci rassomiglia è antipatica: ciò che cerchiamo nell'altro sesso è il contrario di ciò che è in noi». Certe garçonnes potranno essere buone amiche, amanti deliziose, ma come future mogli fanno paura. Ah, se certe ragazze sapessero che i molti flirtisti fanno perdere loro il marito!

La famiglia è, dunque, doppiamente minata. Come realtà e come possibilità.

CAP. V

LA FUNZIONE SOCIALE DELLA FAMIGLIA

Dalla constatazione che la famiglia odierna ha grandi deficienze e disarmonie, taluni inducono una previsione arbitraria: la famiglia sparirà, o propongono una soluzione catastrofica: bisogna abolire la famiglia.

«So che, intorno al 1820, il figlio veniva allattato dalla mamma, cresceva presso le gonne della mamma e, tranne le poche ore di catechismo e di grammatica che passava in parrocchia, restava sempre in casa finchè non si sposava con la benedizione dei genitori, trascinandosi anche in casa la sposa.

E so che, intorno al 1922, il figlio di quei borghesi che urlano contro di me per le mie idee paradossali viene mandato a balia, dalla balia viene tolto per passare al giardino d'infanzia, da quello salta in collegio, dal collegio parte per l'università, dall'università casca in caserma e dalla caserma si congeda per andare in una città che i suoi genitori non hanno mai visto, a sposare una donna che i suoi genitori non hanno mai conosciuto.

E so che, intorno al 1922... So insomma che i vincoli morali della famiglia si allentano per forza di cose e che i vincoli giuridici dovranno mutare anche essi e che lo Stato a poco a poco dovrà impadronirsi del figlio, del quale s'è già impadronito con la scuola e con la caserma, sempre di più».

Il programma dello stato bambinaio è la quintessenza del neo-malthusianismo morale e civile. Nasce dal volgare egoismo di un ragionamento che scivola così:

— Non tutte le donne sono così facili come desidererebbe la nostra sete di godimento? Rivendichiamo per loro il diritto «di scelta e di volubilità» in amore. Le prostitute sono troppo costose e pericolose? Assicuriamoci femmine sane e gratuite. Le donne debbono mantenersi da sole, e darci il fiore della giovinezza. Quando invecchiano, non ci interessano più, quando si ammalano c'è l'ospedale, quando partoriscono c'è la Maternità. Per i figli il brefotrofio, poi il collegio.

Che Stato comodo questo Stato che assicura l'amore senza grattacapi! Almeno negli utopisti statolatri, da Platone a Bebel, l'inumana negazione della famiglia assurge a dignità di necessità sistematica, e mira ad un migliore ordinamento sociale! Invece negli emancipatori della donna borghesi, anche se sedicenti rivoluzionari, la negazione della famiglia è meschina quanto volgare. E non risponde alla realtà, nella quale ci sono molti matrimoni mal combinati, molte famiglie sconvolte dal vizio, molte paternità dubbie, molte fedeltà coatte, ma ci sono anche famiglie che non vivono nè il dramma nè la pochade, ma sono invece tranquille, sane ed elevate, nelle quali la tradizione morale si effettua in una feconda trasmissione di affetti, di memorie, di attitudini. In queste famiglie la monogamia non è una finzione, ma fiduciosa serenità di affetti che giungono ad una fusione spirituale sufficiente ad assicurare ai figli un'attenta ed amorosa cura, un'unità di indirizzi educativi quale nessun collegio modello potrebbe dare. In queste famiglie la vita tende all'unità che completa ed esalta. In queste case la madre esplica la propria funzione di naturale educatrice. Nessuna bambinaia, nessuna istitutrice, nessun maestro potrà surrogare l'opera di una madre esemplare. La donna buona, mite, forte è autrice, quasi sempre, del genio e della generosità dei grandi uomini. Quando in una festa in onore di Washington, questi apparve dando il braccio alla vecchia madre, che vestiva l'antico e modestissimo costume delle donne della Virginia, Lafayette, commosso dalla vista di quella donna, semplice quanto energica, esclamò: — Tali madri spiegano tali figli!

Questa esclamazione potrebbe essere ripetuta per quasi tutte le madri dei grandi uomini.

La corrispondenza tra la struttura etica della famiglia e le armoniche finalità dell'educazione è stata messa in rilievo da molti pedagogisti. Tra questi è l'Angiulli, che asserisce: «Senza la famiglia l'educazione manca di base.

Ma l'educazione della famiglia appartiene massimamente nei suoi stati primitivi alla madre. Dalla madre l'uomo riceve il primo alimento, la prima sensazione, la prima parola, la prima idea, tutta quella serie di elementi fisici e psichici onde si forma il complesso della sua attività mentale. La madre educa insieme con la mente e col cuore, col precetto e con l'esempio; essa sola è inseparabilmente educatrice dell'intelletto e del sentimento. La dolcezza nell'espressione degli affetti non superabili, la pazienza, la costanza, la diligenza, l'amore dell'ordine, il senso del dovere e del sacrificio, tutto ciò s'insinua dalla madre nell'animo del bambino insieme con le prime impressioni della vista e dell'udito. Sovente si ripete che sui banchi della scuola si decide l'avvenire di un popolo: noi vogliamo dire piuttosto che esso si asside sulle ginocchia delle madri».

A coloro che oppongono che l'ambito effettivo della famiglia è ristretto e che questo costituisce un ostacolo al dilatarsi della simpatia umana, rispondeva, vari anni or sono, un uomo insospettabile di pregiudizio borghese, di moralismo tradizionalista: Errico Malatesta. Trattando della questione, tanto trattata, e spesse volte bistrattata, dagli individualisti, egli osservava, acutamente: «nonostante il regime di oppressione e di menzogna che è sempre prevalso e che prevale ancora nella famiglia — essa è stata e continua ad essere il più grande fattore dello sviluppo umano, giacche è soltanto nella famiglia che l'uomo si consacra normalmente all'uomo e compie il bene per il bene, senza desiderare altro compenso all'infuori dell'amore della compagna e dei figli.

Ma, si osserva, eliminate le questioni dell'interesse, tutti gli uomini diverrebbero fratelli e si amerebbero.

Certamente non si odierebbero più, di certo il sentimento di simpatia e di solidarietà si svilupperebbe molto, e l'interesse generale degli uomini diverrebbe un fattore importante nella determinazione della condotta di ciascuno.

Ma non è ancora l'amore. Amare tutti somiglia molto a non amare nessuno.

Possiamo forse soccorrere, ma non possiamo piangere tutte le sventure, perchè altrimenti la nostra vita si scioglierebbe in lagrime; e nondimeno le lagrime di simpatia sono la più dolce consolazione per un cuore che soffre. La statistica dei decessi e delle nascite può offrirci dati interessanti per conoscere i bisogni della società, ma non ci dice nulla al cuore. Ci è materialmente impossibile addolorarci per ogni uomo che muore e gioire ad ogni nuova nascita.

E se non amiamo alcuno più teneramente degli altri; se non vi è un solo essere al quale siamo più particolarmente disposti a consacrarci, se non conosciamo altro amore che quello moderato, vago, quasi teorico che possiamo provare per tutti, la vita non sarebbe meno ricca, meno feconda, meno bella? La natura umana non sarebbe diminuita nei suoi più belli slanci? Non saremmo privi delle gioie più profonde? Non saremmo più infelici?».

Certe femministe non arrivano a sostenere l'abolizione della famiglia, ma ne fanno una cosa piatta, senz'anima. Credo interessante citare questi passi di Ellen Key:

«Il programma delle femministe è semplice. Si hanno degli asili infantili, una scuola, un dormitorio per i bambini; il loro numero vien fissato dallo Stato. Una cucina comune con servizio automatico. Una tenuta di casa ridotta all'addizione dei libri cassa... terminato il lavoro una conversazione telefonica con ciascun bambino; due ore di sport e di vita all'aria libera. Il dopopranzo dieci minuti di conversazione col marito; trentacinque minuti di tregua per raccogliere le idee; la serata è consacrata a delle riunioni di carattere pratico e sociale. La domenica s'invita il marito e i bambini; tre ore sono consacrate a correggerli dei loro difetti; il resto del tempo giuochi utili. Una donna come questa non pensa mai ai suoi figli mentre lavora; non sente mai il desiderio di parlare dieci minuti di più col marito. Essa si sveglia riposata dopo il numero d'ore di sonno fissato dall'igiene... tutto è regolato come un orologio».

«Quando le donne sacrificheranno durante i primi anni di vita dei bambini la loro attività personale al dovere di madre, allora il problema dell'affermazione dell'io femminile sarà sciolto in pari tempo con il sacrificio del proprio còmpito sessuale.

No, risponde la signora Perkins-Gilman, — e con lei molte femministe, — la soluzione di questo problema è l'educazione fatta dallo Stato. Guardate tutte le famiglie dove i bambini non trovano nè le condizioni fisiche nè le condizioni intellettuali per lo sviluppo normale. L'educazione collettiva sola presenta tutte le garanzie, ed essa sola offre modiche condizioni pecuniarie. Una donna non è libera che se non deve occuparsi nè della «nursery» nè della cucina. Per una donna abituata alla vita pubblica, i lavori domestici sono monotoni e fastidiosi. Al contrario una donna che sceglie liberamente il compito dell'educazione infantile potrà avere soddisfazione. La maggior parte delle madri amano i loro piccini ciecamente, come la scimmia, e quando essi crescono questa tenerezza imprudente diventa sempre più irragionevole.

E si spera di fare di queste madri, incapaci di allevare i propri figli, delle perfette educatrici caposcuola della nuova società? Dei genitori che non hanno attitudini pedagogiche sarebbero chiamati a sorvegliare le istituzioni od a scegliere il personale incaricato di fare il loro compito al posto loro! In altre parole: dovrebbero scoprire ed apprezzare qualità che mancano a loro stessi? Le fatiche che una donna non sopporta per i bambini che ha messo alla luce, dovrebbero essere sopportate da altre donne per 10, 20, 30 bambini che non son di loro!

Esistono ancora qualche volta ai giorni nostri delle donne di tipo primitivo, così materne, così forti, così tenere, così capaci, che la ricchezza della loro natura eccede i limiti d'un solo focolare domestico. Esse hanno un'elasticità intellettuale, un'allegria, un calore d'anima tali da poter dare ad ogni bambino la sua parte. Ma di tutte queste qualità le donne posseggono spesso appena ciò che sarebbe necessario alla loro progenitura. E queste «madri di elezione» di 10, 20, 30 bambini dovrebbero essere moralmente quelle che per essi dovrebbe essere materialmente il latte di una sola donna. Per la società è già un grande danno che molti uomini si trovino indeboliti per la vita perchè hanno avuto nutrimento insufficiente nell'infanzia. Ma se si applicasse il programma d'educazione di cui si è parlato e che molti approvano, essi sarebbero anche affamati di amore nei loro primi anni. Per la cultura generale è già un danno non lieve che la scuola plasmi tutti i bambini con stesso stampo: il male sarebbe ancora più grande ed irreparabile se quest'allevamento dello Stato incominciasse ancora più presto».

Concludo: l'abolizione della famiglia è un programma mostruoso non solo perchè cozza con la natura spirituale della donna, ma anche perchè annienta la grande missione della madre. Quello che fu il fuoco per il progresso, fu la famiglia per la civiltà. La donna è la Vestale della civiltà, la donna che non è vergine costretta da un voto sacerdotale, che non è la zitella che invecchia sognando un qualsiasi Romeo che la impalmi, che non è la bestia da soma del marito e dei figli, ma la donna che considera la maternità un segno di dignità e una missione, la donna che alterna il dovere del lavoro con il godimento del diritto al riposo e allo svago, la donna che vive in un'atmosfera di laboriosa serenità, di sincero e generoso amore, capace di oltrepassare le mura della casa per abbracciare l'umanità ed accelerarne i supremi destini.

Di fronte a questa Madonna umana, la garçonne è una ridicola maschera di una femmina spregevole.

La ragazza che si paga la vita è simpatica. Ma quali danni e quali pericoli essa incontra!

CAP. VI

*La donna si trova al bivio: o madre di
famiglia o prostituta.*
PROUDHON.

Oggi le operaie, le domestiche, le impiegate sono molte, perchè le esigenze della vita non permettono che a poche donne di dedicarsi alle cure domestiche. Limitata l'attività casalinga, basta una donna a mandare avanti la casa. Così le nubili, specie se appartengono ad una famiglia numerosa, sono spinte fuori di casa. Il celibato crea operaie e prostitute. Non sempre la ragazza si trova al bivio: o lavorare o vendersi. Nell'enorme maggioranza dei casi, la prostituzione nasce dal lavoro stesso, cioè dall'isolamento, dalla insufficienza dei salari, dalle occasioni, dell'influsso dell'ambiente.

Se per molte prostitute bisogna riconoscere i caratteri rilevati da molti studiosi, quali l'oziosità, la storditezza e le negligenze, come determinanti generiche immediate, per altre la necessità è stata la causa fondamentale. Dicendo necessità non intendo la fame, bensì un complesso di circostanze che spingono la donna a vendersi per migliorare le proprie condizioni di vita. La seduzione che promette una casa comoda, il riposo, la sazietà è troppo forte per la ragazza che dorme in soffitta, che si affatica fino a tarda notte, che soffre la fame, o si alimenta così poco da avere poca energia da opporre al seduttore e a sè stessa. Una relazione ufficiale sulle modiste di Posen (Germania) dice, per esempio così: «Presso di loro, finchè non si sono date alla prostituzione, la patata forma il mezzo principale di nutrizione, si deve ammettere che la esiguità del guadagno produce la prostituzione». Non è che le modiste di Posen si prostituiscano per mangiar meglio, gli è che la miseria lima i loro poteri inibitori sì che la seduzione può agire su loro. Qual armi adoperino i lenoni ha illustrato il Ferriani. Ecco alcune lettere
1. (a una giovane povera). «Devi deciderti, è un buon affare. Si è innamorato di te, e sapendo che desideri un bell'ombrellino, te lo porterà domani, ma vuole consegnarlo a te...».
2. (a un'operaia minorenne). «Sei vestita come una servaccia, fai schifo, te lo dico io, dunque sono pronto ad aiutarti. Vedessi che bel vestitino rosa, le tue amiche creperanno dall'invidia e dalla rabbia».
3. (a una cameriera). «Entra con un fagotto, fingi di entrare dalla sarta, io avrò l'uscio socchiuso. Il signorino sarà ad aspettarti. Il patto è già stabilito, e se sei buona, mi ha detto anche, che ti regalerà un orologio d'argento con la sua brava catenella».
4. (alla moglie di un impiegato poco retribuito). «Si decida. Poverina, lei ha bisogno di tutto, così bella non deve marcire nella miseria. Lei si ordinerà un bel vestito, e se lo farà all'ultima moda, e lui pagherà tutto, ma bisogna che non si faccia pregare tanto».
5. (a una giovane rimasta priva di genitori). «Ho pietà del suo stato. Cosa vuole logorarsi la vita a guadagnare una lira al giorno, quando la fortuna l'assiste? Il signore penserà a tutto, e subito lei andrà ad abitare un appartamento elegante... e avrà una serva».

La lontananza dalla famiglia o la mancanza di interessamento da parte di essa, contribuisce fortemente a far sì che molte ragazze vengano travolte in una avventura che sbocca nell'infanticidio, nell'aborto, nella prostituizione.

La statistica rileva che in Italia il più grande contingente delle prostitute è dato dalle domestiche e dalle operaie, e il minimo dalle contadine.

Il Mellusi studiò le infanticide del penitenziario di Trani, contadine e povere tutte, e trovò che una aveva parenti alcoolisti, due i fratelli pazzi, cinque avevano perso la madre prima dei cinquantanni; una era stata abbandonata dai genitori a dodici anni; una era stata messa a servizio in una famiglia dove era stata sedotta: tre erano prive di madre dall'età pubere.

Ecco un caso tipico di infanticidio.

Maria Carla, giovanissima, abbandona i suoi monti Lepini per cercare un servizio in una casa agiata di Roma. Riesce, ma un giovane la seduce, e la sera del 31 ottobre 1900, presa dai dolori del parto e piena di paura del licenziamento, si rifugia in un angolo recondito della casa e, senza soccorso, mette alla luce una creatura. Presa dalla follia puerperale, getta il frutto delle sue viscere in un cesso. Arrestata, viene condannata a nove anni e mezzo di reclusione. Quanti casi analoghi!

In molti casi del genere, l'infanticida viene portata al delitto perchè lontana o trascurata dalla famiglia e, al tempo stesso, perchè ha famiglia, cioè perchè ha ricevuto un'educazione che la rende gelosa della così detta reputazione e perchè teme il giudizio dei genitori e dei parenti. Questo dimostra il fatto che sono molto più numerose le infanticide di nascita illegittima di quelle di nascita legittima. L'infanticidio è un delitto che ha per protagoniste più numerose le nubili che non hanno inclinazione a prostituirsi. Ma anche per le prostitute l'inizio del loro mestiere è segnato quasi sempre da una tragedia.

Tra le prostitute osservate dal Marro, due furono stuprate con violenza: una dal padrone, che trattala in cantina, la imbavagliò, l'altra da un tale, al quale era ricorsa per ottenere un impiego nella fabbrica dei tabacchi. Altre due furono sedotte dal rispettivo padrone. Un'altra fuggiva dalla casa dello zio che la ospitava, perchè questi aveva più volte tentato di abusare di lei. Come si vede, è frequente il caso di ragazze condotte a prostituirsi in seguito a «fattacci», che sono rari per le ragazze che vivono in famiglia, mentre sono piuttosto frequenti fra quelle che sono abbandonate a loro stesse. Tipico, sotto questo aspetto, è un caso presentato dal Ferriani. Una sarta di ventidue anni, viene sedotta da un ricco. Rimasta incinta, è costretta ad abbandonare l'impiego. Il seduttore, al quale si rivolge per aiuti, le dà venti lire, dicendole di arrangiarsi. La disgraziata si prostituisce e partorisce, stando seduta su una latrina. Viene condannata. Ecco prostituta ed infanticida una donna che, con l'aiuto della famiglia, avrebbe, forse, potuto salvarsi.

Il lavoro extrafamiliare presenta gravi pericoli per le ragazze anche dal lato fisico. Il lavoro industriale esercita su di loro un'azione involutiva analoga alla involuzione anatomo-fisiologica delle api operaie. Le operaie presentano una riduzione dei caratteri sessuali secondari, cioè scarso sviluppo delle glandole mammarie, tratti maschili del volto, voce grossa, bassa ed aspra, bacino ristretto, tardivo sviluppo pubere e, spesso, sterilità.

Se nelle tribù selvagge o primitive, che conducono una vita di penoso lavoro e di stenti, le donne a trent'anni sono decrepite, se nei paesi progrediti le operaie invecchiano anzi tempo, questo sta a dimostrare che la salute e il vigore della donna ed il lavoro pesante non sono conciliabili. L'anemia e la nevrastenia sono molto diffuse fra le operaie, e questo perchè la donna è meno atta dell'uomo a sopportare lavori gravosi. Nelle campagne, la donna aggiunge ai lavori agricoli le fatiche della casa, ma il lavoro all'aria libera e la riparatrice nutrizione compensano quasi sempre il depauperamento organico. Non così è delle operaie, che prolungano il lavoro in ambienti chiusi e insani, in un atteggiamento costante del corpo, a contatto con materie di lavorazione (fosforo, mercurio, piombo, ecc.) che le avvelenano.

Le cifre più elevate di mortalità tubercolare si hanno nelle industrie, che si svolgono in ambienti chiusi, umidi, mal ventilati, sovrapopolati, e in quelle che danno, durante il lavoro, sviluppo di polvere o emanazioni irritanti.

Da uno studio del dott. P. Ferrari sulla mortalità per tubercolosi in Milano nel decennio 1903-1912 si rivela che, a parità di professione e di mestiere, le donne sono più colpite dalla tubercolosi che gli uomini. E questo è dovuto anche al fatto che la donna, dopo il lavoro industriale, deve attendere alle faccende domestiche. Ecco uno specchietto statico che dimostra l'importanza della scelta del mestiere o della professione.

Mortalità per tubercolosi in Milano:

Compositrici e stampatrici
64,25%
Lavoranti cartonaggi e tappezzerie
55,00%
Lavoranti spazzole, crine, turaccioli
52,77%
Commesse e magazziniere
48,01%
Lavoranti prodotti chimici
47,67%
Lavoranti in pelle
45,14%
Stiratrici
42,12%
Passamantaie
41,80%
Lavoranti in metallo
40,07%
Impiegati
37,10%
Contadine, ortolane, fioriaie
12,30%
Commesse negozi alimentari

10,30%

Queste cifre sono terribili per chi pensi che la tubercolosi colpisce nel fiore dell'età.
Il lavoro extradomestico è, dunque, pericoloso per la salute morale e fisica delle ragazze.

Cap. VII

LA MADRE OPERAIA

La forza d'un popolo sta nel
grembo delle donne fiorenti.
LICURGO

Alle operaie nubili si aggiungono quelle vedove e le mogli dei lavoratori che guadagnano insufficientemente. Il numero delle lavoratrici è enorme, ed enorme è il numero delle madri operaie. E questo per necessità. Lo riconoscono anche gli economisti borghesi. Tra questi il Pantaleoni, che scrive: «Non vi è alcun pericolo che la donna, la quale non ha bisogno di lavorare in una fabbrica, ci vada per puro gusto. Tra le cose gustose non pare che ci sia anche quella lì! Se la donna maritata va alla fabbrica è segno che a casa non c'è abbastanza da mangiare per essa, per i suoi figli, e per il marito, con il solo lavoro del marito, o che al marito non c'è alcun modo pratico di fargli dare quanto basti per la moglie e per i figli, anche se egli guadagni abbastanza».
Il lavoro industriale delle madri rappresenta un pericolo per la salute ed il vigore di tutta la nostra civiltà industriale. La colpisce alle radici, cioè nel ventre della donna. E la colpisce doppiamente, come vedremo.
La donna esplica, nei riguardi della trasmissione ereditaria delle malattie, una funzione correttiva (Orchansky), fino al punto, afferma il Vicarelli, «che è dato osservare come uno stato di sana costituzione e di prospera salute dell'organismo materno possa assai spesso compensare, controbilanciare o, per meglio dire, beneficamente agire sopra un prodotto di concepimento da sole cause paterne in vario modo compromesso».
La madre operaia non esplica sufficientemente la propria missione eugenetica. Il deficiente sviluppo del suo scheletro, il bacino ristretto, l'impotenza ad allattare per insufficienza funzionale della glandola mammaria lo dimostrano. E lo dimostra il numero degli aborti, dei parti prematuri, dei nati morti, altissimo nei quartieri industriali e in ragione diretta del numero delle donne che si son fatte operaie.
In certe industrie i danni del lavoro sono terribili. Quando in Inghilterra le donne erano ancora occupate alla produzione della biacca, da un'inchiesta in una fabbrica nella quale lavoravano 77 donne risultò che, nel periodo di sorveglianza, si ebbero 21 nati morti, 90 aborti, e 40 lattanti morti per convulsioni prodotte dall'avvelenamento materno.
La madre operaia avrebbe bisogno di molte cure, poichè lo stato di gestazione, di puerperio e di allattamento presentano grande ricettività di malattie.
Durante la gravidanza avrebbe bisogno di intensa alimentazione e di riposo, per compensare alle perdite a favore del feto e prepararsi a sopportare senza esaurimenti l'allattamento. Invece si affatica, correndo continuamente pericoli e mettendo in giuoco la vita della creatura. Questi pericoli sono tanti e tali che negli stabilimenti modernamente organizzati, le donne gravide debbono abbandonare il lavoro, anche nei primi mesi, perchè finanziariamente pericolose, e il surménage pregiudica tanto l'operaia gravida da danneggiare con lei anche il feto, come risulta dalle indagini sui feti nati a termine delle località industriali.

Ai danni che il lavoro industriale arreca alla gestazione, bisogna aggiungere quelli che reca il mancato allattamento materno.

Un medico francese, Lulaing, ha rilevato che la mortalità infantile è raddoppiata da quando le madri non allattano i bambini. Egli ha visitato 13,953 bambini da famiglie povere. Nei bambini allattati dalle madri la mortalità era del 14 per cento, in quelli dati a balia del 31,29 per cento, in quelli tirati su col «biberon» la percentuale era ancora più alta. Dei 13,952 bambini, 6,409 erano nutriti dalla madre. La causa di questo stato di cose era che le madri sono obbligate a ritornare al lavoro, poco tempo dopo il parto.

Ai danni fisici della madre e dei figli si aggiungono quelli morali. La compagine della famiglia operaia è minata dal servizio militare, dall'emigrazione, dalla detenzione, ecc. dei padri. L'emigrazione ad esempio, è un incentivo all'adulterio e, di conseguenza, all'aborto e all'infanticidio, fenomeni poco frequenti nelle donne maritate delle regioni in cui l'emigrazione è scarsa e prevalentemente interna, o temporanea. Questo dimostrano le statiche relative all'Italia meridionale, dove l'emigrazione è quasi del tutto transoceanica. Molte famiglie sono rese incomplete e sono sconvolte dall'assenza del padre. E questo, nella maggior parte dei casi, anche se il padre è a casa.

Le statistiche sulla delinquenza precoce dimostrano chiaramente come i bambini, i ragazzi, i giovanetti trascurati dai genitori finiscano facilmente per darsi alla malavita. Ogni guerra segna un rialzo delle cifre della delinquenza minorile non soltanto per l'assenza del padre, ma anche, e forse solo, per molti casi, perchè cresce il numero delle madri operaie.

L'OPERAIA A DOMICILIO E LA CASALINGA

Dei danni recati alla donna dalla vita industriale ne è prova evidente il fatto che le montanare dell'alto Friuli, sebbene vivano quasi tutte in miseria, sono floride, mentre le Brianzuole, una volta famose come nutrici, oggi sono sciupate ed indebolite per la frequenza precoce negli opifici.

Le casalinghe, anche se povere, anche se si strapazzano, non subiscono gravi danni dal lavoro strettamente domestico.

Un tempo tutta la vita della donna povera si svolgeva tra le pareti domestiche. Cucinava, lavava, puliva e rassettava la casa, rammendava, filava la lana e la canapa, tesseva la tela e i panni, faceva la calza, i merletti, affumicava e salava le carni, fabbricava liquori, bevande e conserve, fondeva la cera per le candele. Lo sviluppo industriale ha limitato molto questa attività domestica. Le famiglie hanno più convenienza a servirsi di ciò che vien prodotto dal lavoro comune. Rimane, non di meno, ancora molto lavoro alla donna di casa. Se vuole pulire bene l'abitazione, preparare cibi sani e saporiti, conservare gli effetti di vestiario e la biancheria, curare i bambini, ecc. ha da lavorare tutto il giorno. Ma, col miglioramento delle condizioni economiche e con lo sviluppo meccanico, è possibile lo sgravio dei lavori domestici.

A Berlino è stata fondata una società per edificare case con cucine comuni. Copenhagen, possiede già una casa con 25 alloggi distinti e una cucina comune. I pasti vengono distribuiti, per mezzo di ascensori in ognuna delle abitazioni.

Se diventassero comuni l'uso dei tanti apparecchi che facilitano le occupazioni donnesche, la casalinga potrebbe dedicare parte del suo tempo all'educazione dei bimbi, alla propria istruzione, agli svaghi. Volendo, od avendo necessità, potrebbe anche dedicare parte del largo margine di tempo e di energie lasciato dalle occupazioni domestiche, a qualche lavoro. E questo specialmente potrebbe essere piacevole o necessario per le nubili. Quanto alle mogli, madri, o no, il lavoro domestico sarebbe sufficiente contributo all'economia sociale e familiare. Il lavoro domestico della donna non viene abbastanza apprezzato. Ogni spesa personale della moglie viene fatta col denaro del marito, che non sempre è contento, sì che essa deve fare frequenti rinunce e si sente spesso umiliata. La moglie del contadino, che fa risparmiare migliaia di lire, molte volte non dispone di una lira.

Il lavoro domestico è specialmente preferibile a quello extra familiare per le madri, ma perchè possa conciliarsi con le necessità economiche della famiglia operaia e possa permettere alla madre l'intero adempimento della sua mansione è necessario che i lavoratori conquistino la possibilità di mantenere nel benessere la propria famiglia. Come l'uomo crede suo obbligo mantenere i vecchi genitori, così deve considerare come suo obbligo, quindi come suo diritto, assicurare alla moglie le cure domestiche e ai figli le cure della madre.

Il lavoro a domicilio è oggi una schiavitù per la donna ed un pericolo per la società quanto il lavoro extra familiare. Ma il primo lavoro ha sul secondo tali vantaggi, pur nelle sue tristi condizioni, che si può indicarlo come preferibile. Ma la meta mi pare debba essere: il lavoro casalingo.

CONCLUSIONE

La conclusione di questo scritterello non è una collana di soluzioni, che si sfilerebbero ben presto al primo strappo che la coscienza della realtà darebbe loro. La sociologia non ci offre soluzioni assolute, ma ci addita vie più scure del dilettantismo paradossale, e ci mostra una realtà che la letteratura nasconde con gli orpelli e con gli scenari del suo mondo quasi sempre fittizio. Certo è più interessante la Garçonne o Le Compagnon di Victor Margueritte di questo libretto. Ma non bisogna fermarsi alla letteratura. Jean Cristophe del Rolland arriva a conoscere Parigi quando cessa di frequentare salotti, accademie, redazioni di giornali. Quando, cioè, conosce gli uomini e le donne che non hanno grandi nomi, nè conducono vita brillante, ma si pagano la vita col quotidiano lavoro e l'eroismo e la dignità intendono non alla super-uomo o alla super-donna, ma come continuo sforzo e come continua rinuncia per amore della famiglia, per essere onesti, per essere buoni. Coloro che parlano di rivendicazione dei diritti della donna spesso vedono esseri di carne ed ossa nei manichini dei romanzi. Queste garçonnes vivono in un ambiente di lusso. Si liberano da una famiglia che esiste solo nello stato civile. Si emancipano con una professione libera. Sono laureate, sono artiste, non operaie. Se non vogliono figli sono esperte nel neo-malthusianismo. Se ne hanno, si liberano dal peso della maternità dando i figli a balia. Se rimangono incinte da ragazze, possono piantare la famiglia ed affrontare il fariseismo sociale, perchè dispongono di mezzi finanziari, di una professione, o di amicizie utili. Non è ancora scritto il romanzo che abbia per protagonista la garçonne povera.

E questo perchè la garçonne povera è comune. È la ragazza che l'officina od il laboratorio invecchia anzi tempo. È la servetta che abbandona il villaggio per la metropoli. È la giovane donna che, al primo passo verso la sincerità passa per leggera, che, se è madre, vede chiudersi le porte delle case timorate o delle fabbriche moderne. È la giovane donna, che se non trova lavoro, cerca l'appoggio che la porta a vendersi.

Ma la garçonne servetta gravida, respinta dai suoi, cacciata dai padroni, disoccupata, la garçonne che batte a tanti usci e sale a tante scale, la garçonne che vuole vivere lavorando e non può, è troppo comune. Non ha letto fisiologie dell'amore, non ha frequentato corsi neo-malthusiani, non ha assimilato paradossi di sociologi e di filosofi, quindi non può sostenere tesi, non può risolvere brillantemente situazioni critiche, non può conservarsi libera senza affaticarsi ed imbruttire. Come si fa a farne una protagonista di romanzo, oggi in cui le giovanette dei romanzi ad alta tiratura hanno nudità sode e cesellate, discorsi disinvolti e colti, e tante altre qualità che le rendono interessanti?

L'emancipata che ha la via dell'emancipazione asfaltata e l'automobile per giunta, che ha dei cuscini pronti per ogni caduta, che ha da mangiare, da dormire e da vestire quanto e come vuole, non mi interessa.

Quella che m'interessa, è la ragazza che va maestra in un paesucolo di montagna dove si sentirà sola, con la nostalgia della casa e il malessere dei tanti forzati adattamenti, la ragazza che va all'officina a sfiorire e a perdere un po' della sua onestà, se non tutta.

E non mi interessa la zitella che, tramontata l'età degli amanti, ha i gatti da ingrassare con tazze di latte e biscottini, che ha romanzi francesi da leggere o orfani da proteggere, adunanze di società teosofiche e di protezione degli animali o di difesa della morale da frequentare. Mi interessa la zitella che non ha trovato l'uomo o non s'è adattata al maschio, che invecchia senza poter essere certa di morire in casa sua, che lavora fino all'esaurimento perchè il salario, o lo stipendio, non basta.

E la moglie che mi interessa non è quella che si consola delle delusioni datale dal marito con l'amante, ma quella che, volendo esser sincera affronta la vita, col peso dei figli e l'incognita dell'avvenire.

E non è la famiglia ricca ed aristocratica che va a rotoli quella che mi impressiona, ma la famiglia operaia che lascia i bimbi a giocare nella strada, perchè i genitori sono all'officina; che vive in una miseria che rallenta, e talvolta spezza, quei legami affettivi che soltanto possono assicurare una certa tranquillità: che viene spezzata dalla tragedia; che si smembra nell'officina prima, e poi nel carcere, nel manicomio, nell'ospedale, nel postribolo.

Tre aspetti, dunque, della questione femminile mi hanno particolarmente colpito: la donna madre nell'amore; la donna madre mancata; la donna operaia.

La tragedia fisica e morale della donna mi interessa più della commedia della femmina.

Le donne sono disgraziate nell'amore, perchè non capiscono l'uomo e non sono capite da lui.

Lo scultore norvegese Vigeland ha scolpito un gruppo che rappresenta con grande semplicità l'incomprensione dell'anima maschile di quella femminile e viceversa. Un uomo ed una donna sono così vicini da toccarsi con le spalle, ma i loro volti, i loro sguardi sono voltati da due parti opposte.

Ho cercato di far voltare qualche coppia di volti sì che gli sguardi si incrocino, col combattere alcuno dei più diffusi pregiudizi, dei più banali luoghi comuni. Ma non vorrei esser preso per un madrigale vivente. Che molte donne siano false, superficiali, stupide, grette e via di seguito, lo so. Ma più conoscono gli uomini e più capiscono i difetti delle donne, e più i loro pregi mi paiono grandi.

Ho mostrato simpatia per le zitelle. Sì, io penso con dolore alle donne che gli uomini trascurano, correndo dietro alle farfalle incipriate ed alle scimmie svenevoli, preferendo godersi la vita invece di vivere la vita nella sua interezza.

Applaudo a quello che afferma P. Viazzi nel suo libro psicologia dei sessi:

«Generalmente rimangono zitellone di preferenza proprio le ragazze migliori, per le quali un pudore vero esercitò la sua naturale ed intima funzione inibitrice e non si convertì in mezzo di seduzione, o qualche virtù di sincerità tolse il simulare non sentiti turbamenti amorosi generatori di amori in altri, o qualche onesta recezione delle regole del costume non permise il violare le regole stesse ad ogni opportunità e convenienza, o la medesima intensità del sentimento giunse a trascurare le cautele onde all'uomo è data l'illusione della vittoria».

Scrivendo della donna operaia, ho voluto attirare l'attenzione sulla Cenerentola della questione dell'emancipazione femminile.

La donna operaia: ecco il lato del problema che mi pare il più grave!

La donna s'è fatta operaia non per naturale inclinazione, bensì per necessità. È diventata un essere ermafrodito, sul quale pesano le due condanne bibliche: quella dell'uomo e quella della donna. La civiltà industriale dice alla donna: «Tu lavorerai con sudore»;

«Tu partorirai con dolore». La madre operaia non è l'angelo della famiglia; il lavoro extra domestico le taglia le ali. La donna viene corrotta, viene minorata, viene uccisa ancora fanciulla dalla fabbrica, dal laboratorio, dal negozio.

L'applicazione della propria potenzialità produttiva di vari rami della vita economica ha contribuito ad emancipare la donna dalla soggezione maschile, a crearle una certa indipendenza economica e morale. Ma per questo non si può dire che l'emancipazione della donna sia effettuata nell'officina, dove la donna è soggetta a tutti i pericoli e ai pesi del lavoro maschile, con grave danno della sua salute fisica e psichica. Scrivendo il capitolo sulla donna operaia ero continuamente tentato di sviluppare la trattazione, sì che il lettore giungesse a concludere col Prato che chi consideri il problema della donna operaia «un poco più profondamente e tenga conto del rendimento integrale, presente e futuro, delle forze produttive disponibili, non può esimersi dal pensare che, anche senza uscire dal puro campo economico, l'assenza della donna dalla casa è spesso, per essa, pel marito e per i figli, una calamità e un danno non compensato dal guadagno che ricava alla fabbrica; che fisiologicamente essa non di rado ne soffre, compromettendo l'integrità fisica delle generazioni future; che moralmente vi subisce per lo più la peggiore depravazione».

Se tale approfondimento fosse stato conciliabile con l'economia di questo scritto, sarebbe, credo, apparso evidente che Bebel sposta la questione, quando osserva che le donne stesse non hanno alcun desiderio di far ritorno alle condizioni antiche patriarcali. Non si tratta di far ritornare la donna a filare la lana e a stare chiusa tutto il giorno in casa. Si tratta di conciliare i suoi bisogni di emancipazione con gli interessi della società, e si tratta, più che altro, di vedere se la donna trova nel lavoro extrafamiliare la propria libertà, il proprio benessere, il proprio miglioramento fisico, la propria elevazione morale, o, non piuttosto, una schiavitù peggiore di quella domestica. Come i borghesi rimpiccioliscono e falsano la questione facendo del problema della donna operaia, una questione di salari, di bilanci, così certi socialisti tengono presente soltanto il problema della emancipazione della famiglia, dai pregiudizi, ecc.

L'emancipazione femminile non può consistere nel fare della donna una femmina, o nel farne un maschio!

Il fine della donna è il matrimonio, quale lo definisce il Nietzsche: «Matrimonio chiamo la volontà concorde in due esseri di creare un terzo superiore a loro. E chiamo matrimonio la venerazione reciproca dei due volenti di questa volontà».

Anche nel popolo vi è uno stok imponente di donne che hanno fallito la loro destinazione: quella di essere madri e donna di casa, ma il celibato non è un fenomeno di fondamentale importanza nei riguardi delle classi povere. La moglie entra nella famiglia lavoratrice come un cespide di guadagno; ma come tale ha ribadita la propria schiavitù domestica.

La tragedia della donna povera è questa: tutti hanno bisogno di lei. Ragazza, i genitori; fidanzata, il fidanzato; sposa, il marito!

E così si prostituisce o muore od imbruttisce prima di conoscere l'amore; si mascolinizza fisicamente e moralmente; si sacrifica e trascura i figli. Non è abbastanza operaia per vivere da sola, non è abbastanza maschia per non amare la famiglia, non è abbastanza femmina per non soffrire come donna. Ragazza, i pericoli della corruzione la circondano, il vuoto della solitudine la opprime, il lavoro è troppo pesante per il suo corpo in formazione e troppo monotono per la sua anima che verrebbe scorrazzare sotto il sole e cantare. Zitella, non sempre il lavoro basta a riempire la sua vita ed assicurarle un certo benessere e il riposo nella vecchiaia. Malata, non può che gravare sulla famiglia o andare allo ospedale. Desiderosa di amore non può darsi che a patto di umiliarsi nella parte di femmina in cerca del maschio, desiderosa di maternità deve affrontare la condanna moralista e la vita appesantita dalla responsabilità materna. Quanti problemi complessi e terribili presenta la questione dell'emancipazione per la donna povera!

Ma se la donna del popolo potesse conquistare la propria indipendenza mediante il lavoro maschile, la emancipazione economica compenserebbe la deformazione fisica e morale? Per la singola donna forse sì, ma per la società no. Neera ammonisce le donne: «Fare ciò che fa l'uomo equivale a rassomigliarlo, ciò che è un male per l'armonia della natura. Fare ciò che fa l'uomo vuol dire non aver più tempo o non averne abbastanza per compiere ciò che spetta alla donna, ed è un male per l'economia domestica. Fare ciò che fa l'uomo vuol dire rinnegare tutte le virtù e tutti i trionfi del nostro sesso. Questo, lo so, si chiama femminismo; ma è un femminismo in senso inverso, un grande errore».

Io ammonirei gli uomini, ma ci vorrebbe un libro.

Mi basta di aver reso evidente che vi sono tanti aspetti della questione dell'emancipazione femminile quante sono le classi, le categorie delle donne, Aggiungo: quante donne che ci sono e ci saranno.

Non c'è la donna che vuole emanciparsi, ma ci sono delle donne che vogliono emanciparsi. Ed ognuna deve cominciare da se stessa l'opera di liberazione. Ma libertà è vuota formula, pericoloso desiderio, volgare pratica se non si sa quale libertà sia degna di noi, sia utile alla società.

La garçonne è la pupattola che si emancipa nella frivolezza e nella corruzione, cioè distruggendo in sè la femminilità nelle sue forme più alte. Quello che ci vuole è la ragazza che cerca di rivendicare i propri diritti, cercando di acquistare maggiore coscienza dei propri doveri. Questa ragazza ce lo darà l'ordine nuovo, cioè quella società che permetterà alla donna di non essere maschio nel lavoro, nè femmina nell'amore. Per ora non ci rimane che aggiungere agli sforzi della lotta per l'emancipazione sociale, un'assidua opera di propaganda, di educazione.

Togliamo al rapporto sessuale il sapore del mistero, l'attrattiva del frutto proibito, sfrondandolo dei fronzoli moralistici e letterari. Facciamo sì che le ragazze abbandonino i tradizionali quanto artificiosi pudori, arte scaltra di civetteria o fariseo conformismo. I fervori acerbi, le aspirazioni romantiche della fanciulla, della giovinotta non debbono essere rinfocolate da un'Arcadia di sentimentalismi, né debbono essere contaminate da una spregiudicatezza volgare. La ragazza deve crescere conscia del suo destino sessuale, ma questa consapevolezza non può essere ridotta all'istruzione sessuale, igienista, eugenetica ecc., bensì aver luce e calore da discorsi aperti e, al tempo stesso, rispettosi, da letture veriste sì, ma non pornografiche, da esperienze di vita che non costino più dei vantaggi che essa ne può ricavare. Sappia la ragazza, i pericoli del matrimonio, la corruzione maschile, ma non fino ad inaridire la generosità, a uccidere il sogno, ad aver disgusto per l'uomo: il che le varrebbe aver nausea della vita. Si prepari ad essere moglie e madre, ma non voglia, come predicano alcuni, sbizzarrire per rinsavire, fare esperienza della vita fino a berne la feccia, che il piacere diventa insipido, per chi ha conosciuto la voluttà chè l'amore che dice «sempre» si rende difficile, quando s'è gustato, il fascino dell'avventura che rivela o prepara il nuovo. La gelosia retrospettiva è viva nell'uomo. La donna che si è data ad altri non è mai interamente la donna che si è presa noi. La ragazza che fa la giovinotta può incontrare un amante; difficilmente incontra il compagno costante. E la donna aspira a questo. Anche quando non lo dice, anche quando non lo vuole con chiara coscienza.

Sia più libera, la ragazza! Ma libertà è licenza, cioè inferiorità individuale e danno sociale, quando non sia padronanza di sè!

Quando incontra un uomo che le piace, la donna si dia a lui. Sarà onesta, se è sincera nella manifestazione del suo affetto, se sarà certa delle proprie intenzioni, se si sentirà la forza di lasciarlo, quando egli non si mostri degno, o si stanchi, o quando essa sente di non potergli essere fedele. Sarà libera, sarà veramente emancipata, se non si lascierà sedurre dall'eleganza del vestire o dalla grazia della parola, o dalla ricchezza, o da altra cosa che non sia fermezza di carattere, intelligenza, bontà.

Perchè due libertà si accordino, è necessario che creino un legame intimo, un campo di interferenza sentimentale ed intellettuale. Altrimenti la libertà è la tragedia di un amore che muore, mentre l'altro vive, della madre che toglie i figli al padre, dell'uomo che cerca l'amore fuori di casa, della donna che recita la commedia dell'adulterio. Cioè una libertà che fa soffrire, od abbassa. Verrà il giorno nel quale la donna sarà libera. «Il giorno — dice Roberto Bracco — in cui la vita e l'onore saranno la stessa cosa per l'uomo e per la donna; quando la personalità muliebre sarà plasmata e non trarrà più dal suo sesso medesimo nè vantaggi illusori nè gli svantaggi della inferiorità sociale, allora essa avrà anche limitato la cause delle transazioni o delle rivolte funeste; allora la dottrina del piacere, della bellezza e della forza e quella morale e della pietà saranno la stessa cosa... E la donna sarà essenzialmente la madre, continuatrice del mondo, senza essere la schiava».

Non l'attesa sognatrice di questo avvento, ma la volontà di avvicinarlo, mi pare il compito di ogni uomo che non sia così maschio da desiderare che la donna diventi o rimanga femmina. Io ho cercato di assolvere questo compito anche con queste pagine. Possano esse parlare a qualche cuore!

FINE